ディーゼルの列車

向山文昭 歌集

青磁社

ディーゼルの列車＊目次

III

向山文昭歌集

ディーゼルの列車

I

虹の切れはし

夕暮れの犬が行きたい方向に消え残りいる虹の切れはし

すぐ其処と見えて行くには遠い場所　草蘇鉄《こごみ》が増えてゆく橋の下

みどり子が泣きやむまでを待っていたような燕の朝の賑わい

家中に自ら挿した水仙を誰かが飾ってくれたのだと言う

この家で初めて会いし君の母　訊かれしことの一つが浮かぶ

オレンジ色のシートいつよりか見なくなり何でも隠すブルーシートが

遊びに来ているのではない娘の子が我が家の中で日々育ちゆく

北寄りの神社森から差す夕日きのうは夏至と気付かざりけり

遠花火聞こえて幼子の母はむかしのように出かけて行きぬ

もう記憶できない義母とまだ覚えられない幼を一緒に写す

転ばずに行ける幼の距離が伸び歩数数えしことを忘れつ

国勢調査

雨の夜に紙の重さを持ちかえる　八十万との国勢調査員

籠の無き息子の自転車　通学に使われし頃の歪みが残る

職業を問いて深まる調査票　家事だけの人はすぐ書き終わる

コンピュータ化される前から国民は分類されきカード処理機に

ナチスドイツが強制連行決めたるはカードの人種・宗教の穴

地球的規模での調査　アメリカでの戸別訪問の危険を思う

五年前の顔ならもっとにこやかでありしＩＤカードの写真

訪問を開始すべき日は晴れでなく雨の隙間に三度出かける

「記入の仕方」もそのまま入れてあるらしき同じ厚さで戻る封筒

その横に小川が沿える木陰道を選んでばかり今年の夏は

もう枯れてくるはずであるメヒシバが青きままにて道を縁どる

たそがれを感じて点る街灯に時間の差あり秋のかえり道

Ⅱ

2008年〜2010年

痛みのツボ

肱・肩の痛みのツボが胸にあると短歌も作る指圧師がいう

消されたる黒板のよう　世の中を映さぬときの大型テレビ

封筒は娘の退職書類なり昨夜書かれてピアノの上に

指差喚呼ひと駅ごとに洩れてくるローカル線の夜のしじまに

口濯ぐたびに緑が目に入る歯医者の横は大根畑

雪のニュース

記憶には無き音がして見上げれば空を打ちつつ鳶が行きたり

体から取ってかまわぬもの幾つ三本目となる親知らず抜く

あちこちの雪のニュースを束ねつつ東京都内も白き映像

また今日もテレビカメラに詫びている左右に人を従えながら

向かい家に籠り仕事をする人が時々現われ雪かきをする

凍りたる雪のほとりを行くときに割れる音せり犬の足でも

青き点描

花の咲く前に塗り替えられている青いぶらんこ黄の滑り台

まだ誰も帰っておらず窓際のシンビジウムの薄明かりのみ

知らぬ間に緑の中へ埋もれたりオオイヌノフグリの青き点描

どこまでがふるさとなのか里山のずっと向こうに雪が輝く

昭和の日に二日届かず逝きし人が帰れる家に八重桜咲く

モノクロの遺影を透きて来し光目玉の大きな人にてありし

火縄銃

打たれずに残りし弾も火縄銃と一緒に展示されておりたり

火縄銃の弾は大豆の大きさで大豆のようには揃っていない

スカートがつぎつぎ登る天守閣二世紀前には武士ばかりの階

三カ月経てば子供を産むはずの娘の脛の細さが目立つ

窓をみな開け放ちたる梅雨晴れに東と西でちがう鳥が鳴く

青田より飛び立ってゆく白鷺のわずかばかりの上昇角度

天井の埃がラジオ体操の途中気になり終われば忘る

犬に乗り遠くまで来し蟻なれど放してやればどこかに向かう

二針の時計

すらすらと手術承諾署名する娘に続き父の名を書く

控え室に掛かる時計は二針のみ時折カタンと一分進む

オペ室への自動扉の音がして耳だけで待つ時間が長い

入院中だされし食をひとつずつ話題にしつつ癒えてゆくらし

蕎麦の芽が一斉に伸ぶ　地球をすこし持ち上ぐるかに

解体作業

コーギーがギャロップとなる深さまで今年最初の雪が降りたり

坂道の雪の足あと午後の陽にほどけてぐんと縦長になる

都会での暮らし語らぬ息子の手リンゴの皮を上手に剝きゆく

夕暮れは光の渚だんだんとわが足元が見えなくなりぬ

あかときにロールの紙を引き出しているような音、誰か雪搔く

引継ぎの神社総代資料箱、田母神論文6ページあり

戻りたる北風に雪が飛んで行く麦の青芽の平行線を

病院の解体作業が空にあり母の逝きたる階も消えたり

曲を短調

桜まだ蕾の季節　石ころに見えたるあとの燕舞い立つ

肉屋にて待つ間の部位図豚に無いネック・しんたま・両足のスネ

裁判員が参加するのは地裁までと松本地裁の見学で知る

命には別条ないという言葉いつもニュースの一番最後

ジョギングの2周目らしいわが家の横を走るはさっきの背中

ホワイトゴールドのかぶれ治らぬ妻の指結婚指輪をニッパーにて切る

掛け時計の電池いよいよ末期にて全ての曲を短調にする

イチローが喋らぬところ括弧にて区別しているインタビュー記事

右手への指に包帯巻くことがうまくなる頃傷は癒えたり

選挙ポスター

枯れ花が数多立つなりお盆より足を運ばぬ共同墓地は

真直ぐには拘らぬ人なのだろう秋大根の芽がならぶ畝

八月の草に半分覆われて無念の選挙ポスター残る

去年とは違う赤子が眠りいるベッドの柵に秋の陽が差す

休耕田に毎年咲けるコスモスに少数派の白も絶えることなし

納棺の上に来たりし十八号ふつうの風のままに去りたり

停電という日常の中断を知らず過ぎたり真昼間なれば

ぬばたまの黒きシートを畑に剝ぐ過ぎたる夏の暦のように

助走の時間

冬の陽が注げり妻の旧姓が記されている漬物樽に

滑りゆくフィギュア選手を追うカメラ　ＬＯＴＴＥの文字が壁に流れて

三回転ジャンプの力を溜めている演技ではない助走の時間

予定になきみどり児と暮らす日々があり歯が生えたるを立春に知る

田舎道に横断歩道描かれて渡る場所だと犬も慣れたり

凍りたる雪の路面を踏んで行く足はロボット「アシモ」の動き

球団の鉄の名みんな消え去りて金田・稲尾の昭和遠しも

知る人の定年退職が載る弥生　新聞ちがえば違うフォントで

遠景のなかに竹群点在しその間つなぐ川があるなり

春の淵

超低空飛行の空自輸送機は訓練らしきこの峡に来て

アルプスが挟む伊那谷アフガンの飛行準備に使われいるや

花びらが散るというより少しずつ枝が現わる窓の桜木

わが塀は選挙ポスター掲示場所カタログギフトを続けて貰う

二筋が合流をする春の淵ひだりの方だけ濁り水落つ

動かないけれど毛虫は生きていて蟻はその横通りすぎゆく

夢に出る昔の上司、にこやかにいつも丸投げせしひとなりき

がんばろうコールの腕がのびるなか五十肩のひとも混じりておらん

一束で買いし靴下つぎつぎと果ててゆきたり同期のように

犬ばかり

廻せると思いておらん小さき手がマーガレットの花に触れつつ

草を抜く人すこしずつ進みいて治療の窓より見えなくなりぬ

大暑の日、動物病院に待ちいるは犬ばかりなりみな静かなり

向日葵の畑のなかの結婚式さいごはシャボン玉を飛ばして

リアス式海岸のような雲が湧きわが六十一歳の空に拡がる

玩具なれど鍵盤ありて幼へと弾いているのを隣室に聞く

球場の砂を集める球児らと同じ低さにカメラがならぶ

熱を出し熱引くまでを繰り返しおさなと家族の時間深まる

くしゃみが一つ

水平に林を抜けて来し夕陽コスモスの花の八角を射す

突然にくしゃみが一つ落ちてきて電柱と地に声が行き交う

村祭り後の鳥居にしばらくは御幣の白が鮮やかである

トランクに南瓜幾つも積みたるをカーブの度に感じつつ行く

紅葉の退避線路で出番待つ除雪車を見る小淵沢駅

同じ景三回見せてゆっくりとスイッチバックの駅を発ちゆく

軒先に低く在りたり日の丸を一本見たる今日の祝日

違う深さ

遠くまで高原野菜　原色の大型農機を点在させて

少しずつ高度を下げるローカル線汚れ増しゆく川に沿いつつ

少しだけ違う深さを埋めもどす牛蒡の穴とやまいもの穴

穴までは至らぬほどの凹みなり妻が人参掘りしを均す

たっぷりと日射しを浴びて消滅す畑に穴はなかったように

ゆっくりと坂を登ってゆく影は夕暮れ近きアルプスの影

わが窓の下は猫らの通り道おもには一方通行らしき

冬の墓地群

洗濯挟みで遊んでおりし幼子が泣き声を上ぐ指挟まれて

冬なれば宿り木目立つ裸木《はだかぎ》が高速道路の車窓に続く

田の区画ならぶ一つに光りあり高架より見る冬の墓地群

連れ出すによき深さにて雪が止む小さき長靴の埋まらぬ深さ

マスクして読めば老眼鏡曇る活字小さき歌会記の欄

相談の相手もマスクかけていて障子へだてて話すようなり

Ⅲ

2011年〜2013年

震災映像

暫くして口調は元に戻りくる揺れを伝えしアナウンサーの

いつもより飛行機雲の多き空　被災の地へと向かうもあらん

Vの字に飛行機雲がくっきりと東の方へ戻りたる跡

日に数回データ放送だけを見る震災映像見続けられず

クレームを処理せし過去に重ねいつ福島原発その後の対応

一、二行は日記の隅に書いてしまう福島原発その日の動き

赤彦に震災の歌二十余首　茂吉はこの年日本に居らず

戦争の歌を詠まずに済みたりと思う赤彦の五歌集読みて

省略があって話が分からぬは短歌のせいと妻に責めらる

原発は試運転中

椎茸のほだ木の売り場かたわらにセシウム検査済みと書かれて

報道の地名が記憶を呼びおこす富岡、双葉、川内村など

四十年過ぎてしまいぬ東北を歩いて横断したる秋の日

太平洋見てから歩くと決めていて常磐線の夜行を降りる

日が出るを待ちし海岸もう少し北にはすでに第一原発

原発は試験運転始まりし頃と知らざり七〇年秋

阿武隈山地越えたる道は汚染図に線量いまは千を超えいる

田子倉湖の脇で寝袋　川霧に魚が跳ねる音を聞きつつ

大いなるダム湖持ちたる発電所　原発一基に足らぬけれども

新潟の里へ下ればその先は山道あらず海まで続く

柏崎刈羽原発まだ無くて誘致決議がされし頃なり

防人の歌

拙劣の歌は載せずと家持の但し書きある防人の歌

採用率最も低きは信濃なり防人歌に三首だけ載る

東国より行きし防人三年の任期のなかに移動日含まず

三次元グラフのような村の墓地三人の名が冬にふえたり

さみどりのなかを最終ランナーのように飛びゆく桜はなびら

大いなる点描として早苗田が今年も広がる何はともあれ

外れ易き戸

川すじで蛙の種類が違うらし山すその方がやわらかく鳴く

田を走る舗装の道の真昼間に鳴ける蛙はシュレーゲルらし

屋根にいて黒の塗装をしておれば頻繁に通るタンポポの種子

推進をさせたい側と知らなくて『原子力と報道』借りてしまいぬ

シートベルトをレジ袋へと通しおく一升瓶が中にあるとき

物置の外れ易き戸を遺されて今日直したり十年余経ち

草刈りで蛇とは二回遭遇し殺めし方には草をかけおく

残る形

妻よりも歌集に多く居し犬は近ごろ小屋に籠ってばかり

葉を食われ花ばかりなる栗の木にその葉が詰まるみどりの毛虫

七月の郵便受けに『蟬声』が熱を帯びおり体温よりも

夏休みになっても同じ場所にある草はらの中のサッカーボール

脱ぎおきし靴下をまた履くときに残る形が左右を示す

何回も刈りたるのちの土手草は硬し死者らの八月となり

蝉が鳴く叔母達がまだ生きていた年は地中にいたはずの蝉が

＊

「翌日」が「羽音」となっているふしぎ機械に読まれし間違いらしく
大勢の客を惑わせてきたのだろう別所の古き旅館の迷路
花の名のサイトに問えば三分で答えが戻る「レンゲショウマ」と

行き交いし夏のメールのフォルダーを消せば終えたる全国大会

捨てられしペットボトルが乗る稲穂　村人だけが通る道にも

闇の廊下

怒り出す人を三十分なだめつつ測り得たるは血圧ひとつ

レントゲンなどの結果が入所には要る特養と直前に知る

検査へのハードル越えればその後は遠くなりゆくことも思いつ

離れいるも最接近となれるらし木々の太枝が揉まれ始める

コスモスを田んぼ一面南へと倒して十五号が去りたり

ぶどう狩りに行きし真昼の時間あり闇の廊下によき香ただよう

最小の行列

水鉄砲を打ちて空にす幼子が消えて平らな湯の面に向け

月光を浴びつつ柿は葉を落とし千を越す実が空に広がる

先頭は小さき犬にて最小の行列のようにベビーカー行く

間口狭くデイサービスの施設あり観光客が途切れぬ道に

少年のような口笛が通りゆく　徘徊初期と聞きたる人の

手探りで犬の餌鉢をさがす闇犬には見えて我には見えず

柩の重さ

引越しに運び出しゆく冷蔵庫水平に持てば柩の重さ

亡き人がこの世に最後に残せるは女人の知らぬ柩の重さ

逆らえぬ秋蝶を飛ばし残りたる野の花を揉む北風の道

青空に柿の実が映ゆ南北の部屋の温度差10度となりて

枯れたるを刈り倒しゆくコスモスの茎の根元が刃に抗いぬ

雛壇

北国の車の裏に付いて来し黒き氷塊庭に残れり

紙を切る幼の鋏が開くたびパカンパカンとその口も開《あ》く

消毒液ふりかけ入る特養の玄関先に雛壇がある

顔を見に来ただけの人に賜いたる雛人形は仕舞いたるまま

ソーラーが今日は大きな発電量四月なかなか遠くあれども

三色のボールペンの胴やや太く中に色別棒グラフあり

助詞の無き幼の言葉に真っ先に加わり始む己への「も」が

「おはよう」

牛乳の水割りだけの水を飲む犬となりたり病みたるのちに

壊れたる腎の組織は戻らない　人にも犬にも同じことなり

病む犬に与える分を剝がしゆきキャベツの径は小さくなりぬ

血液のＢＵＮ《汚れ》が100になる時と、獣医は暗に死を予告せり

まだ温く夜の明ける前に逝ったのか晩にスプーンでわずかに飲みて

嫁に行く娘が残していった犬　引き継いでから六年だった

「おはよう」を真似して吠える特技ありきその声録《と》っておけば良かった

生きていたときの画像を整理して写さなかった去年に気づく

死後十日のちの満開　桜木の下にありたる犬小屋の場所

空からの我が家の写真この点は犬の墓だと家族のみ知る

ひと日毎みどりの隙間が塞がって逝きしものへの思い鎮まる

鞦韆の周期は同じ　幼子と二つ並んで一緒に揺れる

物乞いに似たる形で手を見せて自動水栓に水を出させる

農薬の箱

二人だけが住む家となり昼過ぎは南と北に分かれて過ごす

ここまでと思う短さ鉛筆にトンボの羽根がぎりぎり残る

動かすは容易かるらん起動して9時間経てば臨界となり

特養に暮らせる義母を久々に外出させれば坂を怖がる

飛行機雲のあらぬ低空爆音の先を行くのは軍用機らし

言われれば競走馬に似る名が多し父の残しし農薬の箱

前世紀のウルフエースやシンザンを休耕田にて消滅させる

ディーゼルの列車

発車待つプラットホームの遠景にガソリン価格の数字が光る

ペットボトルに閉じるさざ波揺れやまずディーゼルの列車は停車の間も

台風の後ゆえ徐行せしことの詫びをしていく駅の数だけ

外国を旅するほどに最少の会話で終えるわが一人旅

お盆には本当に犬が帰るものと思う幼よ　そう思いたし

暑さ増す畑から撤退する前に合図のごとくトマトをかじる

電気柵

教えたることのなけれどブロックの銃のかたちを突きつけられる

また一年夏の暑さは過ぎゆけど原子炉のなか発熱止まず

降らぬ雨と蒔きたることを話題にし九月進みぬ敬老の日まで

スズメバチは秋を仕舞うと決めたらし捨てし幼虫を巣の下に見る

山裾のかたちに電気柵めぐらされ我らの方がそこより行けず

青空に飛行機雲は細き線二本であると見える日の良し

草刈機の回転刃にて隠れたる南瓜傷つけ我も傷つく

信濃へと移されし道造の記念室小さき家の設計図あり

松　葉

階段も玄関もなく日々暮らす義母の世界にもう坂はなし

拝観料のお返しのような銀杏《ぎんなん》が厨に転がる旅より戻りて

運転をしつつ歌うは楽しからん後ろの車をミラーが映す

また一年マレーシアだと退職をできぬ弟が電話を寄こす

年の瀬に人など来ない墓地しずか枯れたる菊が残りたるまま

積もりたる落ち葉の種類が変わる道　松葉がいちばん足にやさしい

標の石

昨年は犬と歩きし雪道に獣の足跡いくつも続く

年取るは手からと聞いてわれの手を眺めたるのち妻の手を見る

切り傷の治るまでが長くなり濡れたる指に痛みが戻る

子の一家風邪で来られず正月の後の食材豊かなりけり

箱入りの村史刊行そのなかの水のあらそい山のあらそい

雪降れば釣鐘形になると知りぬ犬を埋めし標《しるし》の石は

FとJ

ひっそりと家計簿記帳する背の小さくなりしを今し気づきぬ

その中に四つ葉もあるか流されし家の区画に咲くクローバー

南三陸で買いし生ウニわが家にて中を掬えば棘を動かす

新幹線車両が膝を押してくるトンネルをゆく風圧あれば

洗車機のことだったのだＣＴが半身なぞったときの既視感

体温を測り終えたる電子音他人に聞こえてわれに届かず

雨やんでトマトの整枝してもどる妻より強く茎の香がする

キーボード、FとJとに指位置の突起あること触れいて知らず

遠花火

囲われてニッコウキスゲが溢れ咲きその外側を人が列なす

鰻の値ちらしの中に日々ありて七月われの誕生日来る

仕掛けしは時限爆弾にあらざれどそろそろ草の枯れてくる頃

全体を見たくて高みに後退しいよいよ小さき遠花火なり

休日は大型バイクが増えるみち独りで走るひとは稀なり

大正二年生まれの父をふり返り高安国世に一歩近づく

憎まれる役をいつしか良い人にみせてドラマは終盤となる

プランターの白菜の苗ちいさきにちいさき穴を空ける虫おり

ソーラーパネル

大雨の後の車窓に見えていた遠き水面はソーラーパネル

秋晴れの朝《あした》に深く息すればため息として咎められたり

目蓋をも貫く朝日射していて列車は諏訪湖の秋を抜けゆく

塩竈で自死せし友をふと思う海辺にばかり住みいしことも

実をもてば枝と枝とにある格差おなじ幹へとつながりながら

十日後に手術控えている人が多く話すは退院後のこと

三連符のように高気圧並びいて翌日そこに低気圧生む

選別

エンタシスのごとき大根群れ立ちて蟻の行く手に迷路とならん

大根を干しゆくときも選別がありて沢庵になれぬものあり

道ばたの枯葉やさしい季節なりこんな日に戦争が始まったのだ

時田則雄氏の作る長芋数万本われは山芋を懇ろに掘る

フランクルの『夜と霧』にて深く知る『場所の記憶』の収容所の中

高遠の図書館の隅に『夜と霧』昭和のままに黄ばみていたり

火なき線香

仏壇が好きな幼か知らぬまに火なき線香数多に刺さる

雪積もる遠くの山の稜線をぼかしているはそこに立つ樹々

キムタクの南極物語撮りたるはこの美ヶ原、雪上車をも

写真撮るマニアの数多雪原に夕日が消えても猶留まれり

立春は確かなる春ソーラーの発電量の数値が示す

最後の特急

大雪に出で行く最後の特急となるに乗り込むドラマのごとく
止まりたる列車の席で相談をしおれば手前の他人《ひと》も加わる

動けない理由ばかりのアナウンス湯の湧く街で列車を降りる

飛び込みで宿がとれしは大雪がキャンセル客も増やしていたり

菩提寺は雪の山中頼みたる父の塔婆が命日を過ぐ

峠から見れば大きな墓地のよう雪積む家が細かく並ぶ

Ⅳ

2013年〜2017年

その他の顔

朝顔は莟のうちに先端を陽の出る方へ定めておりぬ

盆過ぎて加速していく夕暮れにミンミンゼミが急に鳴き出す

遺影あり　だんだん遠くなる甥のその他の顔をときどき思う

毒をもつ樒の緑に囲われる北国になき墓地の風景

一月の海の事故なり円形の生簀が並ぶ遠き島にて

冬の朝りんごの蜜が沁み出でて剝かれる前に輝きを増す

春の花写し紙へと呼びだせば真っ先に終わる黄色のインク

行く度にメールに添えてくる写真　海と撮りたる母の視線も

養殖の湾が抱ける海面はそのたび違う表情を見す

戦地からの父のはがきを見つけたり裏にある絵はジャワの踊り子

わたくしが生まれてくるは六年後　三十歳の文字はやわらか

その祖父を好きだった孫お互いの十年だけが重なっていて

放射能検査印

施設へと行きたることを聞きしのみ　生きて不在となれる老い達

ユニットは静かな十人　義母だけが車いすでなく自力で歩く

きつくなったと言われたる顔パソコンが立ち上る前の画面に映る

牧草のまだ生えぬ畑あちこちに散らばる人はナズナ採るらし

〈残したい昭和の歌〉の特集にフランク永井だけがモノクロ

充分に桜見終えて逝きしかな五月の命日身内に多し

養鶏場に回されたりしかリユースの米袋にある産地福島

放射能検査印ある米袋　中は鶏糞10袋を買う

花びらも角を曲がって吹かれゆく午前は東、午後は数増し

幼子に電池の向きを教えたり平らな方を丸いバネへと

10分の準備の音と決めていて柱時計を正させぬ妻

窓辺からほど良く見えるつばめの巣はじめは親が糞を持ち出す

雄の喉がより赤きという玄鳥交互に戻り来るを比べる

出現率

病院の後の建物わが母が逝きたるあたりにソーラーを乗す

五十回忌と十七回忌になる夫婦あの世では母がずっと年上

介護認定されるを出現率といい出現せねば行政に幸

この世のモノ置きて露天の湯に行きし主のかごより電話の音す

山裾のサラダ街道途中から分かれていくはビタミンロード

垂れ付き帽子

珍しく停電あれば近所の灯を確かめている昔のように

大陸に台風行かせぬキーパーとなりてやさしき日本列島

畑まで玉蜀黍を取りに行くペダルを漕がぬわずかな下り

少しだけ降りし昨日も切り捨てをされて雨量はゼロを重ねる

園児らの垂れ付き帽子わが父の兵の写真に帽垂ありき

八十九の前田さんとテレビ体操を共にやりたる大会の朝

電波が正す

再検査を待つ椅子硬し奥行の長きテレビに見下ろされつつ

直角に二回曲がりて着ける場所取るべしという医者の声聞く

大腸は内視鏡へとつながる身　妻が呼ばれて妻に見られぬ

掛け時計もう進ませることもなく福島からの電波が正す

福島の電波時計の送信所その二ヶ月は停止多かりき

フェイルセーフ

震災の直前までを収めたる歌集のなかに震災気配

冷却水止まってしまえば暴走をしてゆく原理そのものが悪

異常時はフェイルセーフで停まるのを基本としたり設計者のとき

血族を十代たどれば千組の死がありこの世で逢いしは四人

病院の友にと思えど易々と在らず元気をくれる歌集は

細道の雪かきくるるトラクターの音が暮れゆく空に響けり

部品に戻す

冬の田に鹿が一頭ふうわりと電気柵越え山へと消えぬ

家なかの幼子の柵もらわれて別の幼の境界となる

室内用ジャングルジムの空間を一本ずつの部品に戻す

若かりし君が着たるを見ておらぬ和服まとめて引き取られたり

三月になれば凍らぬ日もあって畑に残した葱掘りにいく

左右あるイボ付き軍手使いきり左手ばかりがいくつか残る

抜かれたるティッシュの箱の空間を潰せり三百二十枚分

街中のパラボラアンテナ何れもの向き揃うなり軍靴のように

買いしままの『昭和史』漸く読みゆけば現在《いま》と似る悪何回もあり

一匹の金魚を生かす水槽の水音ありて真夜を鎮める

六歳と五歳

マットレスひとつを妻と使いたり足と頭を互いに並べ

死を越えることの苦しみ家族へと三日ほど見せ逝ってしまえり

介護されているということ最後まで受け入れていなかったのだろう

人の死に初めて遭いし幼子の六歳は五歳と大きく違う

何日も死と近くいて帰る家　青葉が庭を狭くしており

1000分の66

よき音は田植機の音遠くからわれの午睡を小さく刻む

蓋するを忘れしピンクの蛍光ペン昨日は何に印つけしか

見出しにも名前の横に歳を記す女性週刊誌の仕組みに気づく

1000分の66に慣れながら碓氷峠の廃線を下る

富岡から岡谷へ製糸は移りゆき働くひとを過酷にしたり

干してあるシーツの前で撮ってもらう五年後までの免許の写真

アサギマダラ

稲の穂が出揃う頃が原爆忌田には多めに水を掛けやる

滑り易き固形石鹼そのうちにすり減りたればどこにも行かず

納税の作文募集は生徒から　納める人のは要らないらしい

南アルプスの表と裏を横断す小さ目のバス三つ乗り継ぎ

八月の北沢峠の両側にアサギマダラの乱舞が続く

高き山の多くは県境なる中でしっかり山梨だけの北岳

クロだけでクロネコヤマトを検索し注文の品が近づくを見る

セロテープ

ふんだんにセロテープ使い幼子は今日も何かをつないでおりぬ

私が生れぬ前の血族も食べたるはずの庭の甘柿

内閣が秋のリフォームせし頃にツバメの姿見なくなりたり

幾つかの鍵見つかれど亡き人と共に消えたりその鍵穴も

娘からの電話で妻が動き出し七五三用小物を探す

七五三の記憶なけれど妹のモノクロ写真は飴を持ちいる

虫ほどの遅さで下る水滴を初冬の朝の光が照らす

等圧線

裏表の色の違いが揺れているクヌギ落ち葉のさざ波の道

無より来た台風の円は無へもどり等圧線はゆるき曲線

霜月のキャベツに穴を空けていてこの虫冬を越せないだろう

ふらふらと折れ線グラフのようにゆく雪の気配の枯野の黄蝶

亡きひとのトラクター野に残りいてその原色を遠くより見つ

青空にオレンジ色が似合うのは昭和基地なりＩＳであらず

手前にて降りてしまったバスがまだわれの後ろを従いて来るなり

裏に居る誰かが作る言い回し美しい国、積極的平和とか

動脈・静脈

草に埋もれ死にかけている田んぼにも血管のごとき水路まだあり

どの田にも動脈・静脈あることを思いつつ行く冬の野道を

核家族に核の文字あることさびしその電力を使いし日々も

国中に人が作りし火山あり幾つかがまた活火山化す

カタカナも分かると聞きて幼子に視力検査の表を読ませる

物音がしてから現われるまでの時間に慣れつつ集金に回る

遅咲きの梅

雪融けて庭に幾つも溝あるは冬のモグラが往き来しにけり

土俵挟み画面向こうの観客に見つめられおり勝負つくまで

遅咲きの梅が畑の隅にあり三月十一日はいつも咲かない

真夜中の街灯だけになりし町を対岸の宿の窓に見ている

今日からの一年生を挟みつつ大雨をゆく通学の列

勉強をがんばると言う児が続く卒園記念のＤＶＤに

乱視のメガネ忘れしことを悔いつつもプラネタリウムに微睡みはじむ

クールダウン

木が売られ明るくなった里山が裾の畑を大きく見せる

切り口の数字は直径　復興に石巻まで行くという杉

向こうには輝く明日がある歌をもう唄わない唄えなくなる

ビバルディの〈春〉を流せる店内で今年のために買う除草剤

突然であらぬ訃報が多いなか突然が来る連休さなか

炉のなかにまだ居ることを示すなり少し離れて遺影が置かれ

係員がクールダウンと言いたりし骨上げとなる五月の火葬

ペースメーカーでありし部品が骨として仕舞われしのち骨上げ終わる

物置の小さな穴に西日差しプラスチックの雪かき透かす

逆順

運動会の組体操が逆順にほぐれて一人一人にもどる

走り出す位置が異なる短距離走曲がり終えるまで順位分からず

見えねども記名あるらし騎馬戦がおわりて帽子返されゆくも

ブランコを押してくれとはもう言わぬ一年生の音読の声

雨傘の修理キットが売られいて直す職種はすでに消えたり

何世代までが戦没遺族かな遺族会抜けし摩擦聞きつつ

水の補給車

Windows 10 にせよとの脅迫がようやく消えて海の日が来る

百戸足らずの投票所にて立会し高校生は見ずに終わりぬ

わが庭のソメイヨシノが年ごとに太りて増やす蟬鳴く声を

カメムシと蟬が仲間であることを秘密を漏らすように話せり

向日葵の畑のそばを帰る道ひまわりはみな後ろ向きなり

踊り連の水の補給車引き行きて街の微かな傾斜を知りぬ

テレホンカード

夏休みもうすぐ終わるスーパーに２Ｂの鉛筆売り切れており

山下れいこ歌集批評会二〇〇七年広島

歌評会への新幹線切符まだ挟む『水たまりは夏』のあのときの夏

破壊される前に描かれた絵が並ぶ平山《ひらやま》郁夫シルクロード美術館

アレチウリが覆う川岸アメリカは日本の葛に手を焼くと聞く

読む・選ぶ・出来るけれども届かない自動販売機の上の釦に

救急の待合室でじっと待ちベッドの列に妻を見つける

入院となりたる妻にいにしえのテレホンカード置いてくるなり

穂先一本

長靴を提げて登校して行くは一年生なり今日は芋掘り

どこにいても郵便のバイクと分かる音走って停まって遠ざかりゆく

霜のあとの夏の畑を片付ける頑張れそうなピーマン残し

一度やれば戻れぬことのひとつかな賀状の宛名パソコンに任す

断わりしセールスマンが行く姿隣り部落の雪道に見る

本人が見ることのなき「故」の文字の大きさ決める誰か居りたり

欲しい物ぱっと決まるか悩めるか二歳児すでに性格をみす

杉森の向こうに昇る春の陽が穂先一本となりに移る

大小の画面

北風に靡いたままの方向に固まっている二月の芒

大小の画面ならべる電気店十人の安倍と向かい合うなり

わが名前説明するに使い来し昭和の「昭」がまた遠くなる

正《ジョン》が正を暗殺させる一族か名前の中に正を続けて

卒業の式辞を聞いているときに携帯が震え出産知らす

出掛けには家にまだ居し嫁さんが九時七分に第二子産めり

花の様子を探りに来つつ二歳児とみたらし団子一本ずつ食う

「あ」の字のみ覚えたる児に描いて見す玻璃の曇りの中に大きく

老眼鏡をかけているとき鉛筆は耳に挟めぬものとなりたり

針先

抄でなき元の歌集を手に入れて読み直すなり省略の歌を

中古本『紅《こう》』購いて裕子さんの青きペン字の署名も得たり

一週間待てばバラ祭りの園内に木香薔薇と人わずかなり

針先がわが歯の奥を探るとき目は蟻を追う窓辺の幹の

レンゲツツジ見に登りたる高原ゆ思わぬ位置に諏訪湖が光る

一匹の蟻が引き行く蝶の翅舗装の端を越えられずいる

かたわらを通る蟻ども荷はなくも難儀の蟻を手伝うことなし

玄関のスリッパは外を向いていて朝の散歩に出かけたるらし

3年日記

どちらかは甲子園へ行く決勝を関わり薄くも最後まで観る

昨年と近い日付で行事などまた並びゆく3年日記に

今年無き妻の入院、今年には三月にある孫の誕生

掌《て》に向かう血管多しいつもより遠い場所から採血される

音立てて夏草刈っているひとに黙禱の放送届かないまま

明け方に雨降りとなり幾つかの夏の行事のひとつが減りぬ

駅員のいない駅増えホームにてコスモスの花見なくなりたり

市から来た米寿祝いを届けゆくみんな達者で畑に見るひと

あとがき

第一歌集『反射率7%』から十年が経ちました。退職とほぼ重なり、生活が大きく変わった時期の二〇〇八年以降二〇一七年までの歌四四三首を収めました。内容としては、家族との出来事、自身の発想や自然環境から刺激された歌が主ですが、地域との関わりの歌も入ってきています。支えてくれた家族には改めて感謝したいと思います。構成としては、最初に置きたかった連作をⅠとして、後は大体制作年順に三～四年で区切り、Ⅱ～Ⅳとしました。

相変わらず淡々とした歌が多いかと思いますが、第一歌集の歌評会でいただいた「一首をすぐ読めてしまう」という点が少しでも向上していれば幸いです。タイトルについては、大分悩みましたが、好きな一首の中から『ディーゼルの列車』

としました。

歌集をまとめるにあたっては「塔」選者の花山多佳子先生に大変お世話になり、選歌、構成へのご助言から帯文までいただきました。御礼申し上げます。第二歌集というのを重く感じていたのが、花山先生のおかげで歌集を編む楽しさに変えていただきました。

また、お世話になっている「塔」の吉川宏志主宰や選者の先生方、会員の皆様、身近な歌会でいつもお世話になっている皆様に感謝申し上げます。

青磁社の永田淳様には発刊に至るまで全体からこまかなところまでみていただき、改めて御礼申し上げます。花山周子様には私の歌を汲んでいただいた装幀に御礼申し上げます。

二〇一九年三月

向山　文昭

塔21世紀叢書第347篇

歌集　ディーゼルの列車

初版発行日　二〇一九年六月二十八日
著　者　向山文昭
伊那市手良沢岡一一八二（〒三九六—〇〇〇二）
定　価　二五〇〇円
発行者　永田　淳
発行所　青磁社
京都市北区上賀茂豊田町四〇—一（〒六〇三—八〇四五）
電話　〇七五—七〇五—二八三八
振替　〇〇九四〇—二—一二四二二四
http://www3.osk.3web.ne.jp/~seijisya/
装　幀　花山周子
印刷・製本　創栄図書印刷

ISBN978-4-86198-430-3 C0092 ¥2500E